풀잎의 등

풀잎의 등

전순선 시집

■ 시인의 말

시를 좋아하는 사람은
사색에 물들어 가끔 외롭기도 하지만

시의 세계는
정신의 보약이
그득 들어있어 늘 감사함뿐이다

어제의 골목에 기대어
늑골 깊이 간직한 두 번째 시집을 꺼내며

옛 그리움들이
물컹 되새김질 되는
그런 공감하는 詩로 기억되고 싶다

2019년 유월에

전 순 선

차 례

차 례

제2부 삶 속의 인연들

제3부 풀잎의 등

차 례

제4부 하늘바다를 보며

제 1 부

바람의 희로애락

우리 낙엽 하나 주워보자

이 가을 다가도록
아름다운 만산홍엽의 가을 산에
가보지 못했다면
그래서 마음 한켠에 삭막한 바람이 분다면
우리 그냥, 그냥 걸어보자
돌담길을 걸어가다
가로수 길을 걸어가다
공원길을 걸어가다
무심히 허리 굽혀 낙엽하나 주워보자
낙엽의 말에 귀기울여보자
바스락거리며 전하고 싶은 낙엽의 몸짓을
우린 지금
인생의 가을쯤에 와있다고
운명 같은 세월을 내려놓을 수 없다고
그러니
이 가을 다 가기 전에
우리 마음껏, 마음껏 걸어보자
낙엽 하나 주워보자, 인생을 걸어보자

동행

그 사람을 보았다
새삼 한참을 바라보았다

서쪽으로 가는
그 모습, 생애 동안 곁에서 바라보았다

삶의 틈새로
노을빛 성글게 익어가고

기대고 부대끼고
세월의 무게만큼 바래져가는
그 사람 모습

엊그제
마흔의 골목에 서 있던 그가
오늘, 커다란 시차로 서 있다

돌아보면
모두가 찰나, 그리운 시간들이다

오늘
그 사람 손 꼬옥 잡고
오래 비워둔 여백 속 함께 걷는다

구월의 바람

긴 여름의 시간들이
겉치레 옷을 벗겨가며 뜨거워지더니

비로소
구월의 문턱에
바람 한 자락 상쾌하게 불어넣는다

괜스레 부풀었던
산과 들, 행여나
흩어진 맘 어수선해질까
새털 같은 갈바람으로 토닥여주며

눈 들어
바라보는 곳마다
가을이 순평하게 영글도록
햇살 물고 산들로 달려가는 야무진 바람

구월은 바람을 그리워한다
선한 바람을 부른다

가을 끝자락에 온 새해

새해를 마중가야 했다
가을 끝자락쯤 득달같이 달려온 전갈을 받고
2018년 개戌년을 맞이하기 위해
아침부터 헐레벌떡 뛰어야했다

아직 11월인데
새해 저장소 출입구에는
묵은해의 쓸쓸한 뒤안길에 서서
마치 새해의 추종자들처럼
은총을 기다리듯 줄지어 차례를 기다리고 있다

간단한 확인 절차 후
창구에서 만난 무술戊戌년 이름표의 새해
온몸에 열두 달 문신이 새겨졌다

벌써 정유丁酉년의 닭을 쫓는
무술년의 개 짖는 소리가 컹컹 들리는 것 같다

– 2018 새해달력 받으며

진부령 단풍

지난가을
한잎 두잎 눈물 떨구듯
이별해야 했던 만산홍엽의 추억
제 몸에 기다림의 나이테를
아프게 새긴 채
이슬 무게만큼 새벽을 떨며
계절의 시간을 견뎌온 진부령 단풍

령을 넘고 계곡을 돌아
고향 친구들 온다는 바람의 말에
가을향취 가득 담은
그대는 심장부터 붉게 물들고 있다

사색으로 보내야 했던 시간들
날마다 한 조각씩 붉게 타들어간 그리움
추억의 통로로 이끌려
행복했던 시간을 꺼내 들며
그리움을 키워내는
그대는 진정 가을 숲의 정령이다

바람의 희로애락

바람도 숨 고르기를 한다
무작정 직진으로 몰아쳐가다가도
굽은 길을 만나면 제 몸 꺾어 휘돌아 갈 줄 알고
잠시 들녘에서 명상하며 쉬어갈 때를 안다

사람들은 사계四季 바람이
천지사방 가득한 무한한 공것이기에
철 따라 바람결에 녹아있는
그들의 감성 따위에 무덤덤할 뿐이다

언제부턴가
인간은 만물의 영장이라며
겸양치 않은, 완전치 않은
심판자의 표찰을 가슴에 붙이고는
정작 만물의 움직임과 숨결들을
사려있게 통찰하지도, 느끼지도 못하면서

종종 바람의 감정을 오판할 때가 있다
한 생을 바람으로 살아가는 저들의 희로애락을,
우리 모두 바람인 것을

잎새 하나 떨어지던 날

시월 이십팔 일
잎새 하나 파르르 떨어졌다
고운 단풍잎 하나
늘 안부가 그리웠던 나뭇잎 하나
스산한 가을바람에 횅하니 떨어져 버렸다

푸르다가 붉다가 누렇다가
때 되면 저 잎들이 떨어지는 건 자연의 순리인데

그런데 그 순리에
가끔 오류가 생기는 걸까
붉은 계절을 더 만끽해야 할 나뭇잎 하나
제 철도 못 넘기고 낙하 되어버리니

아, 언제나 붉을 것 같던 그녀
오늘 마지막 잎새처럼 툭 지고 말았다
두 달 전 해맑게 만났던 그녀
낯선 고인故人되어 시린 단풍 속으로 떠났다

– 2017년 사랑하는 후배를 보내며

낙엽을 밟으며

가을의
꼬리가 짧아지며
가랑잎들이
푸석푸석 쌓이는 낙엽들

다가가
살며시 밟아보니

발끝에
바스락 바스락 전해지는
푸르렀던 날들
먼 흑백의 시간들이

자근자근
나를 읽어가고 있다

익어가는 우리들을 보며

우리는 어느덧
바람의 손에 이끌려
꽃 멀미하며
여정을 꽤나 멀리 달려왔나 보다

이순의 행간을 훌쩍 넘어선
초로의 인생들
앞만 보고 달려야 했던 총총거린 시간들

속절없이 익어가는 우리들 모습에
쓸쓸함만 깨문다

이제 여여한 시간에
꽃잠의 추억들 흔들어, 헤픈 웃음 풀어놓는
작은 사치쯤 부려도 좋을 것 같다

우리의 몸은 내리막이지만
우리들 웃음소리는 오르막이기에

꽃사과 나무

가을 문턱쯤에서
우연히 만난 꽃사과 나무
지독한 무더위를 끄떡없이 견뎌내고
붉은 뺨에 생기까지 도는,
앙증맞게 열린 선홍빛 열매들
나뭇가지 휘도록 꽃처럼
조롱조롱 달렸다
먹을 수 있을까
관상용일까
아무렴 어떨까
구슬 같은 작은 몸에
사과 형상을 그대로 빼다 박은
있을 건 다 있는 애기사과
신기해서 살짝 톡하고 건드린 꽃사과
먹기에는 너무너무 예뻐 눈으로만 먹는다

벼락 맞은 나무

그 나무는 왜 벼락을 맞았을까
무슨 죄명으로
하늘의 노여움을 산 것일까
나무가 한 일이라곤
허공을 향해 숨을 쉬고
새들에게 쉼표를 찍어주고
해님과 그림자놀이를 한 것뿐인데
단지 그것뿐인데

벼락 맞아 슬픈 나무
조각조각 흩어져 제 몸에
한글 한자 새기며 부활하고 있네
누구누구의 이름으로
누구의 직인으로
누구의 법인으로

벼락 도장 꾹꾹 찍으면
돈벼락 맞는다는 풍설을 남기며

대추나무는 죽어서 제 이름 더 빛나고 있다

산불

오호통재라
뉘라서 저 화마를 감히 상대 하리요
뉘라서 저 화마를 미치지 않았다 하리요
순박한 농민들의 마음을 할퀴고
삶의 터전을 마구 집어삼키며
활활 치솟는 불이
미친 춤을 추며
이리저리 날뛰고 있으니
도깨비불이라 불리는
저 광분을 누가 달랠 수 있으리오
그 시뻘건 입으로
다 집어삼키고서야
만족했는지, 성이 풀렸는지
조금씩 진정을 하고 있다네
순식간에 다람쥐 청솔모 보금자리 사라졌다네
야생들의 보금자리 사라졌다네
우리들 생명의 숲이 사라졌다네

남자의 독백

전철 안을 두리번거리던 한 남자
이 차 어디로 가는 거지?
나는 왜 길치일까
꽃미녀 꽃미남은 어디든 많아
치카치카를 안 했더니 입안이 텁텁해
일자리 서울이 많을까, 경기도가 많을까
에이 이번엔 경기도로 가보자
추억 때문에 눈물 흘리지 마라
추억은 그저 추억일 뿐이야
인간은 원천귀소의 본능이 있어
누구나 다 그곳으로 돌아갈 거야 아~암
이번 역은 양주역입니다 (안내방송)
어, 이 차 어디로 가는 거지
잘못 탄 거 아닌가
(전철노선표 보며) 왜 점자표기는 안 했을까
눈먼 사람은 어떻게 보라구
그런데 지금 난 어디로 가는 거지?
양주 역에서 황망히 내리던 그 남자

남자의 심오한 독백을 들으며
내 인생은 어디쯤일까……

공주봉

천상의 구름 속에
에워싸 있는 저 산봉우리

산 빛깔 익어가며
바람도 쉬어가는 소요산자락

오늘 유난히
눈에 든 저 산이
세속에 헐겁게 웅크리고 있는

허허로운 나를
끌안고 세울 수 있을 것 같구나

샛별과 손잡은 그믐달

새해 1월 2일 창문을 여니
겨울 아침 일곱시는 아직 어둡기만 하다

고요한 하늘
별들은 사라지고
동짓달 스무이레 홀쭉해진 달님만
샛별과 나란히 손잡고
그윽한 금빛으로 양양하게 빛나고 있다

하늘은 새벽녘까지
아름다운 문신을 새기어
아침을 여는 사람들 가슴을 홀리고 있다

잠꾸러기 내 가슴에도
어쩌다 운이 좋아 하늘문신 황홀하게 새겨지며

동녘하늘 축복으로 빛나고 있다

달님과 몰래한 금빛사랑

유성 하나 저토록 신비할까
눈썹 같은 달은 또 저리도 청순한 자태일까

새벽하늘 저 둘은 무엇이기에
동지섣달 추위에도 홑겹 금박이 옷 두르고
청초한 표정을 짓고 있을까

저 달은 아마도
영혼까지 시린 고독한 영靈일지도
저 별은 아마도
못다한 사랑의 영혼일지도

아직 어두운 아침을
서로 보듬고 농염하게 빛나는 그믐달과 샛별
별들은 다 모습을 감추는데
저 둘이 몰래 한 금빛 사랑 천계의 비밀이지만

어찌나 경이롭고 성스러운지
지상의 아침은 한동안 얼음처럼 멈추어있었다

홀로이기보다는

달빛이 홀로
초연하게 빛나더니

어느 날
제 몸의 살을 무던히 깎아
가녀린 그믐달로 떠오르더니

그 모습이
너무도 요염하여
살며시 곁으로 다가온 샛별 하나

생김새는
천이하게 달라도
둘이 함께 빛나는 모습이란

아, 그렇구나

홀로이기보다는 둘이 되니
하늘도 저렇게 아름다운 시 한 편 짓는구나

제 2 부

삶 속의 인연들

그림 한 장 보거든

먼 훗날
우리의 모습이 산노을 바람처럼 지날 즈음
그 흔적의 자리를
마디마디 더듬어 보지 않겠소

되돌아보면
인생이란 몸과 영혼의 붓으로 그린
한 장의 그림만이 남겨질 뿐
그 그림 보고 한 숨지며 후회하면 어쩌겠소

그래도 인생은
지상의 끈을 붙잡고 가야만 하지 않겠소

나뭇가지의 외로운 잎새도
끝까지 풍경으로 남고 싶어 하는
존재의 비밀을, 우리가 보지 않았소

이제라도 뛰는 심장에
여한 없는 나를 그릴 수 있다면
비록 내 삶이 작아도 계속 가야 하지 않겠소

삶 속의 인연들

우린 삶 속에서
날마다 인연을 만나고 있다

눈 뜨면
그 소중한 인연들과
가슴에 시냇물 흐르는 소리를 듣는다

때론 그들이
바람처럼 흔들고 지나가지만

가끔은
지나간 그 마음 붙들고
예전처럼 시냇물 흐르는 소리를 듣고 싶다

땅의 숨비소리

땅이 불끈거린다

겨우내 웃음기라고는 볼 수 없던
굳은 표정으로 일관하던 강팍한 마음
그 속을 파내어
속물근성을 비워내려 한다
괭이질로 삽질로 못난 생각들을 파내고 부수며
뻣센 몸뚱이 뒤집어가며 분골쇄신이다

봄 햇살 쏟아지는 날
제 살 속에 예쁜 생명들 가득 품어지기 바라며
땅은 부드러운 흙이 되기 위해
혹독한 밭갈이로 옹이진 흑심을 파내어
아집들을 부수고 옥토로 거듭나려 몸부림이다

뻣뻣하던 온몸에
살며시 햇살이 들어 부드러운 속살을 간질이니
드센 감정들이 풀리는 듯

그제야 참았던 땅의 숨비소리가 들린다

유리잔도棧道

그 높고도 거대한 몸통에
무엇이 그토록 그리워
제 옆구리를 힘겹게 찢어 통유리를 박아놓았을까
아찔아찔한 난간을 만들어놓았을까

벼랑길 타고 누군가 오시려나
허공 길로 누군가 오시려나

귀곡성 같은 가파른 바위를 붙들고
후들거리는 저 생명들
그 유리 난간을 통과해야만 꽃길로 갈 수 있는 듯

까마득한 낭떠러지 허공 길
내 심장은 쪼그라들듯 숨어들고
벼랑에 바짝 기대어서야 겨우 걸을 수 있었다

우리 삶 속에
아슬아슬한 난간을 걸었던 것이 어디 이것뿐이랴
가슴을 까맣게 태웠던 난간을 딛고
뼈저린 실패의 난간을 딛고

마음이 폐허 같은 난간을 딛고
눈물의 강, 이별의 난간을 딛고

걷고 걸어야 했던
인생길 험난한 여정이라지만

천문산의 유리잔도
수천 리 저승 같은 아래를 보니
겨자씨보다 못한, 먼지 같은 내 존재가 훅 보이고
순간, 생生은 축복임을 알았다

내 삶이 한순간 넘어졌을 때도
시간은 봄을 풀어 넓고 단단한 등을 내어주었다

과녁

목표물을 향해
힘껏 활시위를 당긴다
허공을 가르고 날아간 화살
언제부턴가 나의 화살은 빗나가고 있다

해거름이 되도록 쏘아대도
비굴한 화살의 눈은
내 심장 빨갛게 새겨진 진실의 초점
나, 라는 과녁을 비껴가고 있다

오늘도 난,
삐뚠 비린 화살로
무리와 태연히 활시위를 당긴다
비겁한 언어를 물고 화살들이 날아간다

독한 결별

사월이 떠나갈 무렵
진한 봄꽃 향기에 취한 몸과 마음들
그 느슨한 틈새로

사월의 잔인성이 들러붙나보다
남자의 예기치 못한 주검

그 친구들
빈소 앞에 술 한 잔씩 나누며
석양 한 자락 그렁그렁 달고 와
허무타 허무타, 허탈하게 쓴 소주 마셔댄다

목젖에 엉킨
그 이름, 우주로 보내기 위해
사내들은 가슴속 구멍에
독한 술 부어대며 독한 결별식을 치르고 있다

– 남편 친구를 보내며

두 귀 항아리

항아리에
두 귀가 붙어 있다
이름까지 두 귀 항아리다
사물이 무엇을 듣기 위해 귀를 달았을까
아득한 신라시대의
소리들을 귀담아 놓았을까

그 시대
귀족들이 누리던 생활
명징明徵하게 두 귀에 담은 채
암흑의 지하세계에 묻히어
죽어도 죽지 못한 채
천사백여 년 만에 조각조각 다시 만난 세상

두 귀 항아리
경주국립박물관에 출사出仕하여
항아리의 역사를 쉼 없이 들려주고 있다
지도에도 없던
긴 어둠 속 신념 하나
옛날 옛적이 부활로 빛나고 있다

꽃나비 날아들다

어느 날
우리 집 거실에
수십 마리 꽃나비 떼가 날아들었다

진분홍 날개를
나폴 나폴 거리며
내 어깨로 가슴으로 날아들었다

꽃대에 살포시
내려앉은 우아한 꽃나비들
고고한 자태로
돌 같은 내 마음을 호리고 있다

첫 시집 발간 축하한다는 리본을 달고
행복이 날아든다는 꽃말을 품고

훨훨 나비로 날아든 호접란,
멀리 친구가 방사放飼한 꽃나비들이다

흙냄새 같은 친구들

봄이 오면
강남 갔던 제비가 돌아오듯이

겨우내 뜸해진
흙냄새 같은 친구들을 만나보자

겨울 잔당 밀어내고
서둘러 봄볕을 끌어들이자

어제를 품은 그리움들
친구 따라 강남 간다는데 어디든 떠나보자

소풍가세

친구여 소풍가세
봄 타는 무딘 이름들 선명히 부를 수 있도록
우리 가슴 설레게 하던 그곳으로

달랑 김밥뿐이었지만
보물찾기, 노래자랑 하던
동호리솔밭, 솔향기 짙은 그곳으로

놀이동산, 대공원 아니어도
회전목마 바이킹 이런 거 없어도
울울창창한 솔밭에 빙 둘러앉아
푸른 마음, 푸른 꿈 키웠지

친구여
우리들 눈동자 속에
인생 노을빛 선연히 들었구나
길어진 나이 반쯤접어 집에 두고

더 늦기 전, 소풍가세 친구여
우리들 마음 다시 푸르러지는, 그곳으로

인사동 거리

십이월이면
생각나는 인사동 쌈지길
후배와 친구들의 두 온도로
빼곡히 추억의 문장을 쓰던 인사동 거리

문화가 숨 쉬는 활기찬 공간
젊음이 약동하는 거리
매해 약속인 듯
꽃다운 청춘 수혈하기 위해
추위조차 꽁꽁 가두고
인사동 골목을 누비던 명료한 발자국소리

아직도 쿵쿵거려
마법처럼 늙지 않는 인사동

크리마스트리 화려한
십이월, 우린 또 마법의 거리를 걷고 있다

에스컬레이터 앞에 서면

날마다
숱한 발자국을 삼키는
그 앞에 서면
사람들은 모두 공손해진다

신성한 행위처럼
차분하게 줄 서서 차례를 기다리다
제 순서가 되면

겸손히
고개를 숙이고
눈은 다소곳이 발밑을 보며
한발 한발 예바르게 발을 옮겨놓는다

엄마 손 꼭 잡은
아이의 움직임은 더 공손해진다

발밑에 꿈틀대는 마성
자극하면, 콱 물리거나 심통날 수 있으니
발바닥에 경의를 다해야 한다

어떤 날 밤에는

어떤 날 밤에는
죽었다는 생각이 들 때가 있습니다
아니 죽었습니다
침대에 누워있던 내 몸은
긴 어둠 속을 우주처럼 둥둥 떠다니다가
사후세상이 궁금해져
캄캄한 주검 속 작은 구멍을 통해
바깥세상을 내다보았습니다

하룻밤 시간 동안 사계절이 흐르고
내 존재는 금방 잊혀져
세상은 아무 일 없는 듯 평화롭기만 합니다
떠난 자에게 시절은 그저 그뿐인가 봅니다

봄이면 진달래꽃이 피고
여름이면 산과 들 푸르게 우거지고
가을산은 온통 붉어지고
겨울이면 흰 눈이 내리고
계절은 제 것만큼 제 역할로
참 아름다운 세상을 만들어가고 있습니다

인간의 삶 역시
꽃피다 푸르다 붉어지다 그리고 겨울을 맞지요
자연과 꼭 닮았습니다
영혼이 있다면 그건 신의 영역이겠지요

이른 아침 알람소리로 분주해지며

소박한 삶을 열어가는
저 힘찬 사람들의 발자국소리
그 눈부신 바깥세상이
이 아침 죽은 나를 흔들어 깨웁니다
짓눌린 명치끝 쓸어내며 허겁지겁 일어납니다

앞집에 사는 여자

오늘도 여자와 마주쳤다
앞집으로 이사 온 젊은 여자와 마주쳤다

어색한 인사를 나눈 뒤
여자는 황급히 집으로 들어갔다

그녀가 머문 자리는
늘 메케한 냄새로 복도가 찡그리고 있었다

어느 날 복도 유리창에
큼직한 현상수배 같은 글이 붙었다

'아기가 있어요,
복도에서 제발 금연해주세요'

그 후 여자는 볼 수 없었지만
복도 계단은 층층이 쾌청하게 웃고 있었다

아가도 방긋방긋 웃을 테지

안정된 속도

육십여 킬로의 속도로
인생을 달리다 보니 전에 없이
차창 밖 풍경이 아름답게 보이고
산마루 금빛 노을이
긴 여행의 세월을 더욱 실감나게 한다

한때 초보운전 과시하며
내 인생 좌충우돌 넘어왔지만
이젠 숙련된 기술로
안정감 있는 드라이브로
삶의 여행지까지
모범운전을 기대할 수 있으리라

세상 사각지대의 위험도
삶 속 노면의 돌출도
육십여 년의 경험과 지혜로
방어기술로 비껴가리라
안정된 속도로 인생 여정을 즐기리라

땅따먹기 없는

푸른 바다 속
물고기들은 오늘도
같은 어종의 친구들 만나러
주검이 감도는
공포의 경계선을
우습게 넘나들며
남북을 자유롭게 유영하는데

왜, 땅 위에
사람들은 백의민족끼리
동란의 끈을 놓지 못한 채
철책 허리 먼발치에서
남과 북, 서로
애타게 바라만 볼까
언제라야 땅따먹기 없는
물고기처럼, 우린 왕래할 수 있을까

말[言]의 앞뒤가 똑같은지

곧 평화가 오는 듯
세계의 시선이 남, 북에 집중되고 있다

남북이 쏟아내는 현란한 말들

평화의 말인지
달콤한 말인지
봄이 오는 따뜻한 말인지
민족통일의 말인지
아님
야수의 말인지
구린내 가득한 말인지
엄포의 말인지
속셈을 위장한 말인지

그 말의 앞뒤가 진정 똑같은지
진실을 분별해야 할 말들이 분별에 혼란스럽다

제 3부

풀잎의 등

새해

새해는
물밑에서 만들어지고 있나보다
저 수평선 바닷속에서
삼백육십오일
아름답고 힘찬 새아침을 준비하고 있나보다

나는
어머니의 깊은 곳
생명의 물에서
열 달 동안 신비롭게 만들어졌으니

나도,
나도 새해인가보다
날마다 새해인가보다
매일매일 희망차고 보람찬 하루를 열어야겠다

저 수평선은
또 누구의 산통으로 저리 붉어지는 걸까

놋화로

겨울이면
빈 가슴에 시뻘건 불덩이 가득 품고
사랑을 토렴하는 황금빛 놋화로

동한기의 밤을 흔드는
소름끼치도록 매서운 바람소리들

안방문지방 넘어올라치면
세발로 딱 버티고 서서
뜨거움을 뿜어내던 화롯불의 사랑

그 덕에 따스한 겨울밤을
수없이 보낼 수 있었던 유년의 날들

아버지의 곰방대에
공손하게 불도 붙여주던
고향집 놋화로의 묵은 충정이 그리워진다

걸레

마트 한쪽 코너에
선량한 얼굴로 진열되어 있는 걸레들

걸레가 걸렌데
어떤 걸레를 골라야 하나
세상 참 좋아졌네
걸레의 품격이 높아져 당당한 상품이 되다니

사 온 걸레로
호강스럽게 방바닥을 닦으니

왜 엄니가 떠오르는 걸까
아버지 구멍 난 난닝구가 떠오르는 걸까

빛들이 화살처럼 박히더니

아침마다
태양을 물고
통째로 빛나던 그 사람 얼굴

그 얼굴판에
눈부신 빛들이
화살처럼 속속 박히더니

어느새
노을빛 한 자락 살포시
한낮보다 더 수려하게 빛나고 있다

출렁다리

산과 산을 이어놓은 출렁다리

감악산의
출렁다리 위를 걸을 때마다
허공에서 흔들리는 아찔한 기분이란

마치
당신과 나를 이어놓은 마음의 다리

긴 인생길
한 번씩 흔들릴 때마다
속수무책 유난히 출렁이던 날들

당신은 나를 향해
나는 당신을 향해

손 내밀어 산처럼 든든히 잡아주곤 하던…

똥대가리를 달래다

내 창자 속에는
늘 묽은 놈들을 달고 살아왔다
헌데 오늘 느닷없이
배출구가 막히는 난감한 일이 벌어졌다
안절부절 홀로 용쓰다

문득 엄마 생각이 떠올랐다
좁은 방바닥을 설설 기며 앓는 소리에
어디 아프냐고 물었더니
머뭇머뭇 작은 목소리로
똥이 나오질 않는다고 하신다
당신 혼자 해결하시려고
요강에 앉아 얼굴 벌게지도록 힘쓰다 지친 엄마

돌멩이처럼 딱딱한
똥대가리가 배출구에 딱 버티고 있었던 것이다

개구리 자세로 엎드린 채
따뜻한 물로 그놈의 대가리를
살살 어루만지며

놈을 부드럽게 부드럽게 풀어내었다
다행히 애가 타던 똥끝이 무너지고
나머지 '끙'하고 힘을 쓰니
시원하게 어둠속을 쑤욱 빠져나왔다
창백했던 엄마의 얼굴
그제야 안도의 한숨 내쉬며 생기가 돌던 모습

그때 보았다
똥도 성나면 엄청 무섭다는 걸
나, 삼십 분 째 그놈 달래다 용쓰다
드디어 무너지는 똥에 새삼 감사함을 느꼈다

밥상의 온기

둥근 밥상에
옹기종기 둘러앉은 식구들
구수한 된장찌개와
나물 반찬 몇 가지로도
밥상머리 얘기꽃은 활짝 피어나고

마당에 멍석 깔아
상추쌈 크게 싸서 먹고
날아드는 모기들 부채질로 쫓으며
시원한 수박화채
한 사발씩 먹던 식구들 밥상

그런 밥상 얼마나 있을까
그런 두레밥상의 온기 얼마나 남았을까

통나무
– 반려견의 이별

진료실 구석 하얀 시트 위에
호흡이 멎은 채
고통에 멍든 통나무 하나 벌렁 누워있다
밤새도록 홀로 두려움과
기다림의 사투를 벌이다
끝내는 뜬 눈으로
통나무 속에 외로이 두 눈 박고
제 몸 딱딱하게 굳은 채 누워있다
팔년의 나이테
아직은 푸른 숲속에서
더 자라야 할 나무를
저리도 처참한 메스질로 생목숨 끊었을까
과잉진료의 손길에 의해
마루타가 되어 숨을 거둔 너
통나무에 박힌
슬픈 눈망울 쓸어내리고
눈물로 묻으며, 다시 나무로 자라거라
푸른 나무로 자라거라
숲은 침묵하며 이별의 비를 맞고 있다

혈관나이

그럼 그렇지
내 안에 늙은이가 있었던 거야
혈관 속에 착 달라붙어
내 몸에 천근 무게로 들앉아 있었던 거야

것도 모르고
왜 몸이 찌뿌둥하지
왜 몸이 무겁지
왜 숨이 차지

늘 엉뚱한 궁리로 머리만 썼더니
귀찮아 몸 쓰지 않았더니
일흔이나 먹은 혈관이
예순 밖의 몸뚱이 끌안고 다니니
물든 머리카락조차 무겁고 무거울 수밖에

펄펄 뛰는 내 마음
여전히 십 팔세라 아우성인데

창

즐겨보는 창으로 세상을 바라보니
선명하도록 아름답다
그 창을 통해
푸르른 날 꿈도 키웠는데

그 창에
살며시 뿌연 안개가 끼더니

침침한 눈 비벼가며
눈물로 창을 닦아보지만
긴 세월 세상 요지경 뚫어져라 보았더니
그만 창도 늙나 보다

풀잎의 등

들소의 등인 줄만 알았다

코스모스 꽃잎 박제된 창호지문에
달빛은 어스름히 스며들고
스무 살로 뒤척이던
그 밤, 깊은 숨소리로 흔들리는 왜소한 잔등을 보았다
뭉친 어깨 힘겹게 떠받고 있는
스러질 듯한, 그 등

그 등에 살며시 맞대고 누워
숨결의 등 타고, 엄마의 시간 속으로 들어가 본다
물컹, 헐거워진 노독들이 손에 닿는다

절망을 헤쳐내고
억척같은 삶을 살아냈던 당신
밤이면 등 휘는 소리에도
고단함 쓸쓸함 시린 맘은 등뼈 속에 감추고
실낱같은 근육들 벌겋게 깎이어도
당당한 앞모습만 보이어

언제나 나의 지붕이 되고 우산이 될 줄 알았다

너무나 큰 착각이었다
골 깊은 황량함 속에, 노을이 새기는
등뼈의 문장을 제대로 보지 못한 오독誤讀이었다

한 철 들풀처럼 말라가던
엄마의 등은 풀잎의 여린 풀등이었음을

왜 몰랐을까

엄마의 강

한 여인의 애환을 절절히 품고 흐르던 강
돌아갈 수 없는 그리움에
강물은 엎드린 채 눈물로 흘렀다

이불홑청 뽀얗게 삶아
강가 자갈밭에 눈부시게 널어 말리고

고쟁이 차림으로
수줍은 듯 남몰래 미역도 감으시고

버들치, 물고기랑
앞 물결 뒷 물결 물놀이 즐기시던

그 강물, 이제는
거친 속살로 기억의 강바닥만 훑고 있다
한 여인의 추억을 물살로 물고 달렸던 남천, 강

수저

울 엄마
부뚜막의 식은 멀태죽 한술 뜨실 때
난 아랫목에 묻어둔 따뜻함을 뜨고 있었네

울 엄마
찬 없는 세월 둥둥 말아 뜨실 때
난 철없는 밥투정을 뜨고 있었네

울 엄마
노동으로 고단함을 뜨실 때
난 알량한 여학생의 입을 뜨고 있었네

울 엄마
황혼의 외로움 한숨으로 뜨실 때
난 내 삶의 미친 날을 뜨고 있었네

아! 울 엄마
질곡 같은 한 세상 저 별로 뜨신 후
난 지금껏, 지금껏 통한의 날들을 뜨고 있네

송편

하늘 휘감는 푸른 향기에 취해
제 몸 찔리는 것도 모르고
솔잎에 얌전히 앉아
뜨겁게 찜해도 좋아라
펄펄 끓는 물 익사해도 좋아라
솥뚜껑 들썩이며
수증기 힘차게 뿜어대며
모처럼 쉼 없는 입방아를 찧는다
제 몸 안에 콩 밤 깨
솔향 가득 품고
냉큼 둥근 밥상 위에 올라앉으니
식구들 눈동자 굴리며
밥상머리 술래잡기 한창이다
그런 엄마의 송편들
보름달 속으로 들어간 어제의
시간들, 젓가락 끝을 아프게 물고 있다
지금은
시장 어느 떡집의
송편이 맛있을까 눈알을 굴린다

폭설에 갇힌 마음

고향 초계리를 품은 고가古家에
문향으로 인연을 맺은
선배 언니 집에서 하룻밤 만리장성을 쌓는다

가마솥 걸린 아궁이에는
내 아버지의 장작불이 정겹게 타오르고
언니와 도란도란 차 마시는 사이
창밖은 금세 온 들녘이 하얀 시간들로 덮이고 있다
마을버스는 소식이 없고
설인雪人이 된 사람들은 발만 동동 구른다

시간이 멎은 듯한
아늑하고 고요한 초계리 마을
하늘 꽃송이들의 은밀한 거사로
장작 쌓인 마당에 들녘에 내리는 저 힘찬 눈송이들
그 풍경이 어찌나
들녘의 아침을 하얗게 흔들어대던지

다들 1월의 폭설로 걱정이지만
난, 홀린 듯 그 설경에 오래오래 갇히고 싶었다

양 한 마리

전도사 직분의 울 언니
포근함 인자함의 대명사보다는
깍쟁이, 공주, 여우 같다는
별칭이 더 어울린다
까칠하게 내뱉는 한마디는 간담이 서늘하고
칠순 후반에도 도도한 공주로 산다
그런 언니가
지독한 독감을 앓은 내게
손수 보양식을 만들어 주고
가끔은 둘이 돌침대에서
속엣 말로 새벽을 맞기도 하고
찜질방에선 살갑게
소금 마사지 해주던 따뜻한 손길
그 예쁜 심성 어색하게 숨어있는
여우언니의 사랑 법
열세 살 터울 진, 나는
어리광도 사랑도 굼뜨지만
그 속에 양 한 마리 들어있음을 알 수 있었다

돋보기안경

자음과 모음들이
ㄱㅂㅒㅈㅏㅑㅜ 삐뚤빼뚤
몸 흔들며 장난질이다
주인 30센티 눈앞에서 버릇없이
나 잡아봐~라
나는 무슨 글~자 *ㅋㅋㅎㅎ*

장난꾸러기 잡기 위해
오만상 찌푸리다
결국 비장의 무기
돋보기안경 눈앞에 집어 드니
고놈들 시침 뚝 떼고
가갸거겨 하며 반듯하게 서 있다

제 4 부

하늘바다를 보며

새벽바다

양양 리조트에서 바라본
어스름한 새벽녘
아직 어둠을 벗지 못한 적막한 바다는
고요한 물 떼로 지상을 오르려 한다

앞선 횡의 물줄기들이
하얗게 숨죽이고 달려오면
뒤따르던 물결들이
흰 포말을 쓰고
군무群舞처럼 스르르 밀려온다

아침이 오기 전
해안선 상륙이라도 마쳐야 하는 듯
포물선으로 유혹하는
아름다운 해안가에
쉼 없이 기대고 싶은 고요한 행위들

새벽녘 겨울창에
바다는 위대한 이야기를 푸르게 쓰고 있다

바다와 호수의 사랑이야기

바다는
언제나 호수가 그리워
날마다 몸을 하얗게 부셔가며
모래톱으로 그 큰 덩치를 끌고 나간다

더 가까이 가고픈 애절함에
커다란 바위에 사정없이 부딪혀가며
온몸에 시퍼런 멍이 들도록
거대한 몸을 나뒹굴고 있다

저 수평선 끝에서
사랑이 그리워 숨차게 달려왔건만
지척에 둔 호수를 끌어안지 못해
밤낮으로 철썩철썩 애달프게 호수를 부른다

호수는 그런 바다의
몸부림에 물보라 일으키며 애달파한다
기어서라도 끌고서라도
온몸이 흙탕물이 될지라도

제 몸 끌며끌며 바다 어귀 가까이 가더니
제 살을 찢어 물꼬를 트며
둘은 마침내 애틋한 사랑을 이룬다

바다는 호수를 끌안고 푸른 사랑 속삭이며
황어랑 숭어랑 선물하고
호수도 맑은 물 사랑을 전하며
둘은 그렇게 억년의 아름다운 행복을 나눈다

오늘도 바다는 호수를 부른다
'내 사랑 화진포*호수여'라고

*) 강원도 고성군에 위치함.

지심도

쪽빛 바다 두른
그 섬에 망부석이 된 범바위 하나

가끔 물새들이
우직한 등에 올라 사랑놀이 채근대지만

천년 바위 되도록
인어를 연모하며 기다린 전설의 순애보

지순한 사랑이 녹아
물든 섬, 그래서 마음을 붙드는가

쪽빛 바다 두른 지심도*
그 섬에, 나 心 하나 내려놓고 왔다

*) 거제도에 있는 섬.

오동도 동백꽃

임 향한 여인의 정절
주검 속에서조차 저리도
선홍빛 탐스러운 꽃을 피우며
이승에 못다 한 사랑
꽃으로라도 임 곁에 남고 싶었나보다
겨우내 푸른 적삼에 싸여
봉긋 봉긋 솟은 봉우리들
사춘기 소녀의 젖몽우리 서듯
부끄러운 모습으로 숨어 있더니

어느새 완연한 여인의
상기된 얼굴 봄 빛깔로 다가와
꽃냄새 바다냄새
바람 한 자락에 싣고
그리움같이 오동도를 감싸 안으며
사람들의 발길을 사로잡는다
선혈로 피어나
꽃송이 통째로 지는
슬픈 전설을 낳은 영혼의 동백꽃이여

파도 소리

별빛조차 꼬리를 감춘 스산한 밤바다
청간정 숙소까지 들리는 파도소리의 향연

잠자리 들기에는 방이 너무 더워
겨울 창문을 조금,
아주 조금 열어놓고 잠을 청했다

밤새도록 파도자락은
손톱만큼 열린 그 창문 사이를 비집고 들어와

내 귀를 소라껍질로 만들고 있다

머언 시간으로 돌아가는
철-썩 쏴아아 부서지는 하얀 소리들
모래밭을 뛰는 소라 속 아이들의 소리들

바다는 뒤척이며 밤새 소녀의 꿈을 꾸고 있다

하늘바다를 보며

하늘이 바다인 줄 처음 알았다
세상을 거꾸로 보면
하늘은 분명 바다일 것이다

모든 만물은
바다와 바다 사이에 숨을 쉬고 있다
물의 세상에 살고 있는 것이다

허파로 숨쉬기 힘들 때
아가미로 숨을 쉬어야 하고
그 숨조차 힘들 때
탯줄로 엄마의 숨을 쉬어보는 거다

돌고래처럼
한 번씩 온 힘을 다해 수면위로 솟구치며
큰 숨을 들이켜면 안다

청명한 하늘바다를 보면 안다

첫눈

첫눈이 내린다
서녘으로 가는 몸뚱이 위로
솜사탕 같은 눈이 펑펑 쏟아진다
어느새 감성은
육에서 이탈되어 십대로 달린다

감성은 늙지를 잃나보다
첫눈이라는 이름표를 달고
일 년에 한 번 길을 나서는
견우 같은 너의 방문은
언제나 나를
십팔세 직녀로 콩닥거리게 한다
하얀 꽃으로
하얀 꽃나비로
하늘 한 조각 그리움 내려
나무마다 키스하며
대지마다 포근히 감싸 안으며

추억들을 흔들어 깨워
하얗게 네 안에 부르고 부른다

하늘 한조각 손바닥에 얹으니

부끄러운 듯 너의 모습 감추려 눈[雪]물 뿐이다

십이월의 구곡폭포

하얀 근육질로 서 있는
그 모습 멋있다고 호들갑이었지

울퉁불퉁 알통 박힌 빙벽의 육체미
눈물이 얼어붙은 줄 모르고
아름답다 넋 잃고 바라보았지

굽이굽이 아홉 고개 휘돌아
천년의 물살로 사람들 발길을 끌었었는데
동장군冬將軍 세력에
구곡폭포* 저항조차 못 하고
두 손, 두 발 꽁꽁 얼어버렸네

속울음 견뎌내며 두고 보라지
생生은 돌고 도는 것

얼어붙은 시린 가슴에 봄빛이 드는 날
나의 화려한 외출에
그대들은 놀라 아우성일 테니까

*) 춘천시 강촌에 위치함.

오징어배 불빛

내 고향 까만 밤바다
큰 섬, 거북섬 저 멀리
대낮처럼 환한 용궁의 도시
광 촉수 전구로 찬란하게 빛나고 있다
그 불빛 따라
덫이 덫이 아닌 냥
오징어 떼 춤추며
제 몸 상하는 줄 모르며 뛰어든다

도시의 까만 밤바다
빌딩 숲 사이로
광 촉수의 무수한 불빛들이
야경으로 찬란하게 빛나고 있다
눈부신 불빛 따라
유혹이 유혹이 아닌 냥
사람들이 떼 지어 모여든다
제 몸 상하는 줄 모르며 유흥의 거리로

민초들의 계곡

살인적 더위에 골짜기의 물이 사라지고 있다
얇은 물웅덩이에 간신히 발 담그고 앉아
폭염으로 고개 숙인 팔월 계곡에
심통인 듯 잔술 붓는 세속인들
골짜기의 청량한 물소리 대신
계곡 바닥을 빼곡히 메운
행락객들의 푹푹 찌는 목소리들
웅덩이 속 허세들이다
새벽부터 박차고 집 나온
경로우대의 민초들
소요산* 계곡 속으로
썰물처럼 빨려 들어가
허겁지겁 물줄기를 찾고 있다
장대비 세찬 물 들어올 때, 이 배는
찌릿찌릿한 얼음골 계곡으로
곧 출항하리라는 시원한 상상을 하며
저 계곡의 경로석에서 부채질로 노 젓는 민초들

*) 동두천시에 위치함.

모퉁이

오늘도
모퉁이 돌아
보이지 않는 그 사람

그저
일상처럼
모퉁이 돌아갔을 뿐인데

그 사람
살짝 얼굴 내밀까
잠시 설레는 맘으로 서 있는다

베네치아

베니스상인으로 유명한 물의 도시
여행객을 태운 곤돌라는 건물사이를 미끄러지듯
골목 수로를 자유자재 노저어가는 사공들
길쭉한 쪽배로 좁은 운하를
운행하는 베네치아의 명물이다
수상택시에 몸을 싣고
꿈같은 S자 대운하를 질주하며
그이와 나는 감탄뿐이다
양옆의 거대한 건물들
바다 속에서 솟아오른 듯
미지의 시간 속에 빠져드는
경계가 허물어지는 광경뿐이다
그림 같은 리알토다리
물 위에 세워진 중세의 건물들
건축공법이 얼마나 견고하였기에
저리도 웅장하고 섬세하고
예술적 가치까지 갖춘 문화유산으로
21세기 현재에도
베니스의 상인 명성답게 중세시대를 품고 있을까

템즈강

런던의 중심부를 흐르는 템즈강
한강보다 작은 강이라지만
도시발달에 커다란 역할을 기여한 강

유람선을 타고
런던브릿지, 베드로성당
빅벤시계탑, 국회의사당, 타워브릿지 등

운하를 따라 즐비한 고딕식건축물들
귀족적 낭만의 품격을 고고히 품고 있다

그중 타워브릿지는
런던의 랜드마크로 아름다운 명소다

영국인이 사랑하는 템즈강,
유구한 역사를 물에 새기는 활기찬 심장
그 심장부에 티끌 같은 부부의 족적을 새겨 본다

융프라우

신이 빚었다는 최상의 보석 알프스
천상에 닿은 듯 만년설의 위상이 장대하다

융프라우 그대 심장 가까이 갈수록
내 심장은 두근두근 울렁이고
순백의 빛에 머릿속은 하얘지고
세찬 강풍에 날아갈 듯 등은 떠밀리고

마치 고산증을 체험해야만
신성한 곳에 세속의 발길을 허락하는 것만 같다

수줍은 처녀처럼
완연한 모습 드러내기 쉽지 않다는데
누구의 공덕일까, 우린 융프라우 거대한 산맥과
속살까지 볼 수 있는 행운을 얻었다

거대한 암벽을 뚫고 정상에 오르는
톱니바퀴 산악열차의 괴력으로
나는, 신이 빚은 빙하의 산
융프라우를 걷는 행복한 호사를 누릴 수 있었다

몽마르뜨 언덕의 함박눈

예술가들의 혼이 담겼다는 몽마르뜨 언덕
춘삼월 함박눈이 목련 꽃잎처럼
펄펄 날리는 꽤 쌀쌀한 날씨에도
프랑스인들은 마라톤을 즐기고 있다
낭만 가득한 화가공원은
눈 때문에 그림들을 접었지만
그런 눈 때문에
더 예쁜 빨간 창틀의 커피숍들
신비한 동화 속으로 이끈다
로마 비잔틴 양식으로 지어진
웅장한 사크레쾨르 대성당
순교자의 언덕이라는 몽마르뜨 언덕에
커다란 눈송이들이 펑펑 내려
모두가 들뜬 표정들이다
커피숍에서 푸른 눈의 여인은
크리스마스 크리스마스 손짓하며 웃는다
나도, 크리스마스 크리스마스 화답하며 웃는다
몽마르뜨는 함박눈마저 예술의 혼이 담긴 것 같다

산마르코광장

나폴레옹도 반했다는
베네치아 산마르코광장
그 역사의 광장에
나는 온통 낯선 이방인으로 서 있다

성서 마가복음을 쓴
성 마르코의 유해가 안장되었다는
산마르코대성당
그 성자의 이름으로
지구촌 이방인들의 발길을 부르고 있다

나폴레옹은 이 광장을
'가장 아름다운 응접실'이라 할 만큼
세기世紀를 불문하고
세계인을 맞이하는 산마르코광장

| 평설 |

이미지즘과 서정성의 언어미학

시인 · 문학박사 지은경

1. 시작하며

5월의 하늘은 눈부시게 푸르르고 바람은 향기롭다. 미세먼지도 주춤하고 서정주 시인의 '푸르른 날' 싯구가 떠오르는 날, 전순선 시인의 시들을 마주했다. 이미 그의 첫 시집 『별똥별 마을』을 읽어본 적이 있다. 처음 출간한 시집인데 시상詩想이 풍부하고 잘 썼다는 기억을 하고 있다. 그 후 2년 만에 두 번째 시집 『풀잎의 등』을 세상에 내놓는다. 시집을 내는 것도 부지런하고 열심히 시를 쓰기 때문에 가능한 일이다.

우리의 삶은 때론 행복하고 때론 불행하다. 지나간 날들은 부끄러움과 후회로 가득하고, 미래는 불안하고 현재는 눈부시다. 무상으로 주는 자연의 아름다움을 보라. 일 년

중 가장 아름다운 5월을 보며 바쁘다는 이유로 아름다운 것을 잊을 때가 있다. 5월처럼 우리는 아름답게 오늘을 살아야한다. 시간은 누구에게나 공평하게 주어졌지만 진선미를 추구하는 시인의 꿈은 무한하기만 하다.

시인이 시를 쓴다는 것은 힘들고 어려운 상황을 견디기 위함이다. 시를 쓰며 시처럼 아름답게 살고자하므로 시인의 영혼은 맑을 수밖에 없다. 단 몇 줄의 글로 사람의 마음을 움직인다는 것은 얼마나 위대한 일인가. 이 삭막한 세상에서 시를 쓰며 사는 시인은 그래서 축복받은 것이다. 인간의 역사는 희생의 이야기를 자양분으로 삼는다는 말이 있다. 전 시인도 이타의 정신으로 살아온 것을 그의 시에서 보게 된다. 이제 60여년 넘게 살아온 나이가 되었으니 더 이상 시간에 구속될 이유도 없고 그럴 필요도 없다. 과거나 미래 때문에 현재를 놓쳐선 안 된다. 오직 현재에 집중할 시간이요 나이인 것이다.

현대사회는 소외와 갈등이 점점 더 심화되어 가고 있다. 계층간의 불평등으로 대립은 소통을 단절시키고 있다. 사회는 따로 또 함께라는 개인과 공동체가 상호공존하는 것이다. 지금은 이해관계가 첨예하게 대립돼 있어 타협과 협상이 어렵다. 개인의 특수성과 개별성이 다양성에 묻힐 때가 많다. 서로 편 가르지 않고 공존하는 시대정신 시민의식이 절대적으로 필요한 때이다.

포루투갈 시인 페르난드 페소아는『불안의 책』에서 “나는 어디까지 나인가. 내 안에 자유가 없다면 어디를 가도 자유를 느낄 수 없다. 나를 어떻게 증명할 수 있는가.

시인은 나의 야망이 아니다. 내가 홀로 서있는 방식이 진정한 나 자신이 되는 것이고 진실을 찾아가는 길이다. 나는 내 느낌에 따라 풍경화를 그릴뿐이다"고 말한다. 내 안의 자유를 누리며 홀로 서는 방식을 찾아간다. 시를 쓰기 위해 존재하는 것이 아니라 온전한 자신이 되기 위해 시를 쓴다는 뜻으로 글 쓰는 사람으로서 매우 공감되는 부분이다.

자아의 존재는 타자의 존재를 경험하고 인식하면서 새롭게 자아가 형성된다. 존재와 존재 사이의 거리를 초월하게 될 때 동일화의 감정을 느낄 수 있다. 절대적 자아와 절대적 타자의 관계 맺기에서 우리가 동일화를 확인하게 될 때 공감은 싹튼다. 이 감정은 아리스토텔레스의 이데아의 초월이 아닌 내가 순수하게 타자가 되어봄으로서 고유한 타자의 존재를 이해하게 되면서 생기는 것이다.

인간의 참된 모습은 대상을 통해 언어로 나타낸다. 자기 존재의 현존재를 증명할 길은 언어를 통해서만이 가능하다. 언어가 있는 곳에서만이 존재가 확인된다. 그래서 하이데거는 언어를 '존재의 집'이라고 했다.

2. 홀로 서 있는 방식

전순선 시인의 시들은 과거에 매달리지 않고 미래를 염려하여 우물주물하지도 않으며 당차게 앞으로 밀고 나아가는 힘이 있는 글을 쓰고 있다. 그의 모든 가치기준은 오랜 시간을 거치면서 축적된 판단기준이 집적되어 무의식을 지배하고 있으며 깊숙이 내재되어 있는 자아존재가 인간존재의 관계로부터 주체가 되고 있다.

전 시인의 시는 누군가의 비위를 맞추기 위해 애쓰지 않는다. 그의 성정이 그럴 줄도 모른다. 시라는 무기를 방패 삼아 무소의 뿔처럼 혼자서 꿋꿋이 걸어갈 뿐이다. 열심히 묵묵히 자신의 눈으로 본 것만을 믿으며 미혹하지 않고 게으르지 않으며 흙탕물에 더럽히지 않은 연꽃과 같이 탐욕과 번뇌에 비껴서서 고고하게 행진하고 있다.

이러한 곧은 성격이 그의 시의 산맥을 뻗어 내려가고 있다. 시는 시인의 정신적 산물이다. 시의 가치기준이 혼란스러운 시대에 영혼에서 우러나오는 시는 이해하기 전에 전달된다. 진실을 내놓지 못하면 다른 사람의 진실에 가닿지도 못한다. 시는 거짓 없는 마음으로 돌아가는 것이다. 단순하고 쉽게 육화시켜 다가가야 공감을 이끌어낸다. 전 시인의 시가 그러하다. 오로지 마음을 어지럽히지 않도록 사물을 꿰뚫어보며 시에 집중하고 있다.

현대인들은 아침에 눈을 뜨면 기계를 만지는 것에서 시작하여 저녁에 잠들 때까지 마지막 기계를 점검하는 것으로 하루를 마감한다. 디지털 세계는 문화가 급변하는 뉴노멀 시대를 의미한다. 경험하지 못한 새로운 세상이 다가오고 있는 것이다. 그것도 아주 빨리 다가온다. 그래서 새로운 이론의 방향타를 관망할 수밖에 없다. 두려워 진화를 거부한다면 시대착오적이다. 좋던 나쁘던 우리는 진화할 수밖에 없는 시대를 살고 있다. 시인은 전통과 진화 사이에서 생명의 숨소리를 기록하고 있다. 그의 시들을 살펴보기로 하자.

3. 이미지즘과 긍정의 시학

디지털시대에도 말과 글은 세상의 본질이며 핵심이다. 우리가 바라보는 세상의 방식과 우리가 행동하는 양식들은 모두 글로 바꾸어 기록된다. 한때 문자는 엘리트집단의 독점물이었으나 지금은 인류가 거의 글을 읽고 쓰는 시대이므로 말의 문자화는 막을 수 없는 기정사실화 되고 있다.

말은 생각에서 나오며 생각은 깊은 사유에서 언어로 형성되며 그 집약된 언어의 결정체가 글이 되는 것이다. 시인의 모든 사유는 시간과 공간을 넘나들며 직관된다. 사유는 한 인간정신의 총체이며 지知의 요체이다. 문학의 사유는 비논리적이 아닌 초논리적이어서 언설로 표현하기 쉽지 않은 것이며 마음의 자발적 흐름을 기록하는 시인은 영매자일 수밖에 없다.

바람도 숨고르기를 한다
무작정 직진으로 몰아쳐가다가도
굽은 길을 만나면 제 몸 꺾어 휘돌아 갈 줄 알고
잠시 들녘에서 명상하며 쉬어갈 때를 안다

사람들은 사계四季바람이
천지사방 가득한 무한한 공것이기에
철따라 바람결에 녹아있는
그들의 감성 따위에 무덤덤할 뿐이다

언제부턴가
인간은 만물의 영장이라며
겸양치 않은, 완전치 않은
심판자의 표찰을 가슴에 붙이고는
정작 만물의 움직임과 숨결들을
사려있게 통찰하지도, 느끼지도 못하면서

종종 바람의 감정을 오판할 때가 있다
한 생을 바람으로 살아가는 저들의 희로애락을,
우리 모두 바람인 것을

—「바람의 희로애락」 전문

위의 시 「바람의 희로애락」은 '바람'을 인생에 비유하여 재구성되고 있다. 1연 첫 행의 "바람도 숨고르기를 한다"에서 '바람'의 실체에 대해 생각해 보게 된다. 사물의 대상인 '바람'은 객관적 대상이 아니라 화자 자신의 심정을 드러낸 주관적 감정의 바람인 수사법의 하나이다. 바람이 숨고르기를 한다는 것은 바람이 마냥 질주하는 것이 아닌 쉬어간다는 의미를 내포함으로서 화자도 숨고르기를 하고 있음을 알 수 있다. 1연 3~4행에서의 바람은 "굽은 길을 만나면"은 "잠시 들녘에서 명상하며 쉬어갈 때를 안다"는 것에서 '굽은 길'은 변화의 물결이며 '명상'은 깊이 있는 생각이다. 바람도 세상의 변화를 읽는데 하물며 사람이 직선만 고집하면 되겠느냐는 질책의 소리를 암묵적으로 하고 있는 것이다. 화자는 2연에서 "사람들은 사계바람이/ 천지사방 가득한 무한한 공것이기에/…/ 그들의 감성 따위에 무덤덤하"다고 말한다. 현대 자본주의는 무엇이든 댓가를 치러야만 취한다. 그러나 무상으로 주는 바람이라는 공기가 천지사방에 무한하게 있어 사람들이 귀한 것을 모른다. 공기를 댓가 없이 공것으로 얻으니 고마움을 모른다고 화자는 꼬집고 있다. 그래서 3연에서는 "언제부턴가/ 인간은 만물의 영장이라며/ 겸양치 않은, 완전치 않은/ 심판자의 표찰을 가슴에 붙이고는/ 정작 만물의 움직임과 숨결들을/ 사려있게 통찰하지도, 느끼지도 못하면서"에서 화자는 인간의 겸손하지 못함을 밝히고 있다. 스스로 만물의 영장이라고 자칭하는 인간들이 주의 깊게 사물을 꿰뚫어보지도 못하면서 세상의 심판자인 양 가슴에 이름표 붙이고 말로서 심판하는 것이 얼마나 오만한 것이냐 가소롭기 짝이 없다고 화자는 사려 깊지 못한 세상 사람들을 책망하고 있다. 마지막 4연에 "종종 바람의 감정을 오판할 때가 있다/ 한 생을 바람으로 살아가는 저들의 희로애락을,/ 우리 모두 바람인 것을"에서 화자는 우리 인생도 사계의 바람과 크게 다를 게 없는데 세상을 교만하게 오판하지 말고 겸손하게 살라는 교훈의 말로 마무리하고 있다. 시는 언어에 의해 창조된 산물이다. 위 시는 시인의 인생에서 체험된 삶이 감동으로 전해져온다. 자연에 비껴서 있는 현대인의 탐욕을 고발하는 시로 시적 상상력을 확장시키고 있다. 시는 상상력의 산물이다. 바람을 의인화하여 깊이 있고 긴장감 있게 끌고나가는 암시적 표현에서 시인의 시정신이 살아있음을 보게 된다.

데카르트의 '고기토 에르고 섬(나는 생각한다 고로 존재한다)'에서 인간이 생각하는 존재라는 것은 '인간의 존재방식'을 이끌어낸 말이다. 인간의 존재방식은 타자의 존재를 인식함으로써 자아가 형성된다. 생각은 의식을 이끌어내고 의식은 있음이라는 자리를 위치화하는 것을 확인하게 된다. 고로 의식은 존재의 주인이 된다. 자아를 설명할 수 있는 것은 타자의 존재에서 정립된다. 자아는 이타성에 의해서만 가능하다. 이타성은 타인과의 통합을 거듭하면서 변증법적 관계를 형성한다.

보편타당한 진리란 있는 것인가 모두가 경험만 있을 뿐 확증된 진리는 없다. 참과 거짓도 나의 경험에 의해 정의된다. 경험주의자는 경험에 의해 지식도 습득한다. 사물을 바라보는 관점은 사람들마다 다를 수 있다. 관점이 다른 것은 시선의 차이, 높이, 넓이가 경험과 인식에 따라 다르게 인지되기 때문이다. 입장과 가치관이 다르므로 참은 진실의 본질에 도달하기 어렵다. 고로 인식은 겸손일 수밖에 없다. 겸손하지 못한 이는 바른 인식이 투영되지 못한다. 관용이 없이는 상호소통은 가치를 잃고 왜곡된 인식이 전달될 뿐이다.

그래서 일상의 충돌과 화해하며 살아갈 수밖에 없는 현대인은 위로가 필요하다. 한없이 품어주는 어머니와 같은 예술이 위로가 된다. 온갖 역경을 딛고 이어온 5천년 대한의 역사, 눈부시게 꽃피우고 꽃지던 내 나라를 생각하며 시인은 겸손하게 살아가고자 한다. 줄기차게 마라톤으로 달려온 단 한번뿐이었던 인생을 돌아보며 숨고르기 하고 있는 것이다.

달빛이 홀로
초연하게 빛나더니

어느 날
제 몸의 살을 무던히 깎아
가녀린 그믐달로 떠오르더니

그 모습이
너무도 요염하여
살며시 곁으로 다가온 샛별 하나

생김새는
천이하게 달라도
둘이 함께 빛나는 모습이란

아, 그렇구나

홀로이기보다는 둘이 되니
하늘도 저렇게 아름다운 시 한편 짓는구나

― 「홀로이기보다는」 전문

위의 시는 이미지즘의 시로 시각적 심상을 그린 회화적 요소를 보여주고 있다. 2연의 "어느 날/ 제 몸의 살을 무던히 깎아/ 가녀린 그믐달로 떠오르더니"에서 달이 지구에 가리워지는 모습을 제 몸의 살을 깎는다고 시적으로 묘사하고 있다. 시가 외부의 객관적인 표상이 내적 주관적 전이로 변용되어 투사되고 있어 미학적이다. 이미지즘의 시는 현대시의 선구자 에즈라 파운드가 주창한 것으로 상상력을 동원한다는 점에서 낡은 인습을 탈피한 주지주의와 내통한다. 이미지즘은 지知와 정精의 결합이라는 심상心像에서 나오는 정신적인 그림이다. 시각예술에서 표현되는 이미지즘이 공간을 형성하는 질서를 도출해내듯이 이미지즘의 시는 시의 심층적 공간을 의미로 구현해낸다. 3연의 "그 모습이/ 너무도 요염하여/ 살며시 곁으로 다가온 샛별 하나"에서 그림은 더욱 구체화 되며 달의 공간에 샛별이 나타나면서 의미를 더욱 풍성하게 확장시키고 있어 낡은 언술을 탈피한 시의 기교가 돋보인다. 마지막 5연의 "아. 그렇구나// 홀로이기보다는 둘이 되니/ 하늘도 저렇게 아름다운 시 한편 짓는구나"에서 달과 샛별이 하나에서 둘이 된다는 것에서 시각적 이미지는 극대화된다. 달과 샛별이 하나가 되어 한편의 시가 된다는 화합의 노래는 상상력과 감각을 동원한 뛰어난 시다. 1연에서 4연까지는 객관적 묘사를 하다가 5연 6연에 와서 주관적 서정성으로 흐른다. 은유의 그림picture of metaphor이 시각적 이미지와 압축된 언어로 발전시키는 것은 이미지즘의 시로 완성도를 높이고 있다. 이미지와 서정성을 융합시켜 새로운 시의 세계를 창출하고 있어 독특하다,

이미지즘의 시는 영미문학의 흄과 파운드에 의해 전개

되었던 시운동으로 사물이나 자연에 대한 뎃생과 압축된 구상으로 시각적 이미지와 감정이 절제된 간결한 언어를 특징으로 한다. 이미지즘의 시인들은 보편적인 것이 아닌 특수한 것을 명확히 그리며 형이상학적인 부분이나 탁월한 감식력을 갖는다. 시간적 공간적으로 해방구를 만들어내는 것도 중요하지만 이미지즘의 시는 언어가 명료하고 기교가 단순하여 상투적인 표현을 쓰지 않는 특징이 있다. 특히 형용사나 부사가 절제되며 객관성과 정확성을 강조하고 있다.

먼 훗날
우리의 모습이 산노을 바람처럼 지날 즈음
그 흔적의 자리를
마디마디 더듬어 보지 않겠소

되돌아보면
인생이란 몸과 영혼의 붓으로 그린
한 장의 그림만이 남겨질 뿐
그 그림 보고 한숨지으며 후회하면 어쩌겠소

그래도 인생은
지상의 끈을 붙잡고 가야만 하지 않겠소

나뭇가지의 외로운 잎새도
끝까지 풍경으로 남고 싶어 하는
존재의 비밀을, 우리가 보지 않았소

이제라도 뛰는 심장에
여한 없는 나를 그릴 수 있다면
비록 내 삶이 작아도 계속 가야하지 않겠소

–「그림 한 장 보거든」 전문

위의 시는 화자의 사상과 감정을 표현한 서정시이다. 2연의 "되돌아보면/ 인생이란 몸과 영혼의 붓으로 그린/ 한 장의 그림만이 남겨질 뿐/ 그 그림 보고 한숨지으며 후회하면 어쩌겠소"에서 잘못된 인생을 살아서는 안 된다는 화자의 주관성이 드러나는 서정시로써 내면의 감정을 솔직하게 표출하고 있다. 죽을 때 후회하지 않을 한 장의 아름다운 그림을 남기고 가야되지 않겠느냐는 주장에서 아름다운 그림을 남기겠다는 화자의 인생에 대한 목표와 의지를 보이고 있다. 3연~4연의 "그래도 인생은/ 지상의 끈을 붙잡고 가야만 하지 않겠소// 나뭇가지의 외로운 잎새도/ 끝까지 풍경으로 남고 싶어 하는/ 존재의 비밀을, 우리가 보지 않았소"에서 인생은 지상의 끈을 놓지 않아야 한다는 것에서 화자가 현실을 외면하지 않고 있음을 알 수 있다. 나무도 돌아갈 때 붉게 물들며 아름다운 풍경을 남기는 것을 보지 않았느냐, 우주의 특별한 존재인 우리 인간은 어떤 의미를 남겨야 한다는 암시적인 물음을 던지고 있다.

인간은 세계의 질서와 공존하면서 자신의 삶에 의미를 부여하는 존재이다. 정신적 가치 추구하는 존재로서 단순히 욕망이나 권력, 소유욕만 쫓는 본능의 존재가 아니라는 것을 강조하고 있다. 자기의 세계관에 의해 세상을 바라보며 의미의 중요성을 깨닫고 있는 특수한 존재가 인간이다. 가치 있는 일을 추구하고 실현하려고 노력하는 특별한 존재이다. 위의 시는 의미와 가치를 추구하는 인간 존재의 특수성을 헤아리는 시이다.

4. 언어는 사유를 담는 그릇

이어령 선생은 '현재를 알려면 사색을 하고 미래를 알려면 탐색을 하라'는 말을 했다. 사색은 명상이며 탐험은 모험심이다. 인간이 만든 문화와 문명이 역으로 사람을 키운다. 인공지능시대에 기술을 이용하면 인류가 행복한 시대를 누릴 수 있다. 제4차 산업은 인간이 만든 인공지능이 인문학을 부른다. 시인이 호명되는 시대에 살고 있음이다.

새해는
물밑에서 만들어지고 있나보다
저 수평선 바다 속에서
삼백육십오일
아름답고 힘찬 새아침을 준비하고 있나보다

나는
어머니의 깊은 곳
생명의 물에서
열 달 동안 신비롭게 만들어졌으니

나도,

나도 새해인가보다
날마다 새해인가보다
매일매일 희망차고 보람찬 하루를 열어야겠다

저 수평선은
또 누구의 산통으로 저리 붉어지는 걸까

— 「새해」

위의 시는 한해를 시작하는 희망찬 시이다. 희망의 찬가를 부른다는 것은 얼마나 아름다운 일인가. 희망의 시는 읽는 사람으로 하여금 에너지를 솟구치게 한다는 점에서 시인들은 절망의 시보다는 독자에게 용기를 불어넣어 줄 수 있는 씩씩한 시를 써야겠다는 생각이다. 1연의 "새해는/ 물밑에서 만들어지고 있나보다/ 저 수평선 바다 속에서/ 삼백육십오일/ 아름답고 힘찬 새아침을 준비하고 있나보다"에서 화자는 새해의 일출 모습을 물속에서 삼백육십오일 만들어지고 있다고 표현한다. 시적 레토릭이 뛰어난 시다. 그렇다, 365일 해를 낳는 물처럼 새롭게 살 일이다. 매일매일 태어나는 태양처럼 빛나게 살 일이다. 2연~3연의 "나는/ 어머니의 깊은 곳/ 생명의 물에서/ 열 달 동안 신비롭게 만들어졌으니// 나도,/나도 새해인가보다/ 날마다 새해인가보다/ 매일매일 희망차고 보람찬 하루를 열어야겠다"에서 화자는 어머니의 자궁 속 양수에서 태어났으니 자신도 물에서 만들어지는 태양과 같이 새해라고 하는 것에서 청량감과 환상성을 느끼게 한다. 태양과 생명의 탄

생을 동일시하는 생명의식이 살아있는 시의 발상으로 참신하다. 시인은 매일매일을 희망차게 살아야겠다고 다짐하는 것에서 활력을 준다. 새해와 자신의 출생의 의미를 비유한 수사법이 뛰어난 시로 완성도가 높은 시이다.

들소의 등인 줄만 알았다

코스모스꽃잎 박제된 창호지문에
달빛은 어스름히 스며들고
스무 살로 뒤척이던
그 밤, 깊은 숨소리로 흔들리는 왜소한 잔등을 보았다
뭉친 어깨 힘겹게 떠받고 있는
스러질 듯한, 그 등

그 등에 살며시 맞대고 누워
숨결의 등 타고, 엄마의 시간 속으로 들어가 본다
물컹, 헐거워진 노독들이 손에 닿는다

—「풀잎의 등」 부분

위의 시 「풀잎의 등」은 이 시집의 표제이다. 어머니를 향한 효심을 독창적인 은유기법으로 한편의 시를 맑은 언어로 직조해내고 있다. 1연의 "들소의 등인 줄만 알았다"에서 한 행을 한 연으로 독립시켜서 강조하고 있는 '들소의 등'은 '어머니의 등'임을 유추할 수 있다. 들소의 등은 튼튼하고 강한 이미지를 전한다. 어머니는 그런 강인함 분이

셨음을 알 수 있다. 2연 4행~6행의 "그 밤, 깊은 숨소리로 흔들리는 왜소한 잔등을 보았다/ 뭉친 어깨 힘겹게 떠받고 있는/ 스러질 듯한, 그 등"에서 어느 날 밤 화자는 어머니의 들소 같이 튼튼하던 등이 외소하고 쇠잔해진 모습을 발견하게 된다. 새로운 발견은 새로운 의미를 낳는다. 연민의 정을 자아내는 부분이다. 어쩌면 어머니의 신음소리도 들었을 것이다. 3연의 "그 등에 살며시 맞대고 누워/ 숨결의 등 타고, 엄마의 시간 속으로 들어가 본다/ 물컹, 헐거워진 노독들이 손에 닿는다"에서 '엄마의 시간 속으로 들어가 본다'는 것에서 화자는 어머니의 살아온 날들을 기억하고 가여운 마음과 불쌍한 마음이 일렁이는 것을 보며 화자의 측은지심이 우러나오는 효심을 읽게 된다. 효사상은 유교에서 비롯되었다. 부모와 자식 사이에 효는 엄격한 도덕적 의무였던 시대가 있었다. 효심은 부모의 은공을 기억하는 데에서 발생한다. 어머니는 헌신과 사랑으로 생명을 양육하였음에도 자식은 있는데 부모는 없는 효의 전통이 사라진 세상이 되었다. 역사적인 훌륭한 인물 뒤에는 반드시 훌륭한 어머니가 있었다. 안중근, 이율곡, 맹자, 김유신 등의 어머니가 스승과 같은 역할을 하였다. 비록 이름난 자식으로 키우지 않았어도 생명을 키워낸 어머니는 모두 위대하다. 그래서 아이를 낳지 않은 여자를 우리는 어머니라 부르지 않는다. 어머니는 생명을 탄생시킨다는 점에서 모든 사물의 시원을 의미한다. 어머니는 모든 제도를 초월하여 거룩한 존재로 존경을 받아왔다. 그래서 어머니는 가부장적인 시대에도 절대적인 위치에 있었다.

위의 시에서 어머니의 등과 들소의 등 그리고 풀잎의 등은 이음동의어로 상상력이 만들어낸 이미지이다. 사물의 비유가 정확한 이미지즘으로 생명력이 살아있는 시이다.

개구리 자세로 엎드린 채
따뜻한 물로 그놈의 대가리를
살살 어루만지며
놈을 부드럽게 부드럽게 풀어내었다
다행히 애가 타던 똥끝이 무너지고
나머지 끙 하고 힘을 쓰니
시원하게 어둠속을 쑤욱 빠져나왔다
창백했던 엄마의 얼굴
그제야 안도의 한 숨 내쉬며 생기가 돌던 모습

—「똥대가리를 달래다」 부분

위의 시 「똥대가리를 달래다」는 시 「풀잎의 등」의 연장선으로 보아도 무리가 없다. 화자가 어느 날 배변이 막혀 안절부절 한다. 그때 문득 엄마 생각이 난다. 배변이 어려워 방바닥을 기어다니며 앓던 어머니가 사색이 된 적이 있었다. 화자는 어머니를 엎드리게 하고 고통을 도와준다. 1행~5행의 "개구리 자세로 엎드린 채/ 따뜻한 물로 그놈의 대가리를/ 살살 어루만지며/ 놈을 부드럽게 부드럽게 풀어내었다/ 다행히 애가 타던 똥끝이 무너지고"에서 화자는 엄마를 개구리 자세로 엎드리게 하고 똥을 손으로 파내었던 것이다. 필자는 이 시를 읽으며 효가 사라져가는 시대에 화자의 손은 세상에서 가장 아름다운 손이라고 들어주고 싶다. 정신이 건강하고 개념 있는 효의 모범을 보여주는 아름다운 시이다, 모든 예술의 근본적인 목적은 감동을 주는데 있다. 감동이 없다면 예술로서의 가치는 상실하게 된다. 특히 시는 문학의 장르 중에서 감동을 목표로 하는 부분이다. 감동을 목표로 하여 달성한다는 것은 시의 본질을 이해하는 것이 된다.

진료실 구석 하얀 시트위에
호흡이 멎은 채
고통에 멍든 통나무 하나 벌렁 누워있다
밤새도록 홀로 두려움과
기다림의 사투를 벌이다
끝내는 뜬 눈으로
통나무 속에 외로이 두 눈 박고
제 몸 딱딱하게 굳은 채 누워있다
팔년의 나이테
아직은 푸른 숲속에서
더 자라야 할 나무를
저리도 처참한 메스질로 생목숨 끊었을까

– 「통나무」 부분

위의 시 「통나무」는 생명존중 사상을 보여주는 시이다. 부제로 '–반려견의 이별'을 붙이고 있어 반려견의 죽음을 추측할 수 있다. 그러나 시제는 '통나무'로 되어 있다. '반려견'과 '통나무'가 이음동의어의 성격으로 형상화되고 있다. 시 1행~8행의 "진료실 구석 하얀 시트위에/ 호흡이 멎은 채/ 고통에 멍든 통나무 하나 벌렁 누워있다/ 밤새도록 홀로 두려움과/ 기다림의 사투를 벌이다/ 끝내는 뜬 눈으로/ 통나무 속에 외로이 두 눈 박고/ 제 몸 딱딱하게 굳은 채 누워있다"에서 진료실의 시트위에 호흡이 멎은 채 누워있는 것은 통나무이다. 또한 밤새도록 사투를 벌이다 통나무 속에 두 눈 박고 누워있는 것은 반려견이다. 화자는 두 목숨의 주검을 목도하고 있다. 9행~12행에서 화자는 "팔년의 나이테/ 아직은 푸른 숲속에서/ 더 자라야할 나무를/ 저리도 처참한 메스질로 생목숨 끊었을까"에서 화자는 병든 반려견을 살리려고 병원에 왔다가 죽음 직전에 관에 들어갈 잘려진 생목을 보고 가슴을 쓸어내린다. '저것도 생명인데' 나이테를 보니 아직 8년밖에 살지 않은 식물의 목숨을 보고 측은한 마음을 내려놓지 못하고 있다.

자연은 인간과 유리돼 있지 않다. 자연을 오염시키고 사랑하지 않을 때 그것은 인간에게 고스란히 돌아온다. 자연을 있는 그대로 보는 것은 인간의 욕망의 기준이 아닌 자연의 기준으로 보는 것이다. 결국 자연의 생명을 경시하는 것은 인간의 생명도 경시하는 것으로 인간성을 파괴하는 것이 된다. 고도로 발달한 문명의 이기가 생명경시 풍조가 유행처럼 번지고 있다. 작은 생명이라도 소중히 생각하는 것은 그 사람의 됨됨이를 보는 것이며, 한 인간의 인품과 사랑을 생각하게 한다. 생명의식이 휴머니즘으로 발휘되고 있는 시이다.

5.마무리

시를 읽는다는 것은 시인을 만나는 일이다. 시는 시인의 정신적 산물이므로 시를 읽으며 시인을 만난다는 것은 즐거운 일이다. 전순선 시인의 시는 모호하지 않고 담백하다. 모호함은 다양한 해석을 증폭시키지만 담백하다는 것은 가식이 없어 정직하다는 의미로 그의 인품과 맞아떨어진다.

일상 언어와 달리 문학의 언어는 많은 의미를 함유한 기호이다. 위의 시 외에도 시적 상상력이 뛰어난 시들이 많다. 한 줄의 시로 영혼을 움직일 수 있는 것은 시의 언술이 침묵으로 웅변하기 때문이다.

"잠꾸러기 내 가슴에도/ 어쩌다 운이 좋아 하늘문신 황홀하게 새겨지며"(–샛별과 손잡은 그믐달)

"가끔은/ 지나간 그 마음 붙들고/ 예전처럼 시냇물 흐르는 소리를 듣고 싶다"(–삶 속의 인연들)

"목젖에 엉킨/ 그 이름 우주로 보내기 위해/ 사내들은 가슴속 구멍에/ 독한 술 부어대며 독한 결별식을 치루고"(–독한 결별)

"아슬아슬한 난간을 걸었던 것이 어디 이것뿐이랴/ 가슴을 까맣게 태웠던 난간을 딛고/ 뼈저린 실패의 난간을 딛고/ 마음이 폐허 같은 난간을 딛고/ 눈물의 강, 이별의 난간을 딛고"(–유리 잔도棧道)

등등 감동을 주는 좋은 표현들의 시가 많다. 전 시인의 시 구절들이 비교적 분명하고 명료하다는 것은 시가 시인의 성품과 동일시되는 부분으로 설득력을 갖는다. 이 자명하고 간명한 말들이 전 시인의 시의 특징이며 매력이라고 할 수 있다.

전순선 시인의 제2시집 『풀잎의 등』 상재를 축하하며 시의 가능성을 확인하게 되어 기쁘다. 발전과 정진을 빈다.

전순선 시집
풀잎의 등

초판인쇄 2019년 6월 5일
초판발행 2019년 6월 12일

펴 낸 이 하옥이
지 은 이 전순선
펴 낸 곳 도서출판 책나라
등　　록 제110-91-10104호(2004.1.14)
주　　소 서울시 은평구 통일로 63길7, 1층 B호
㉾ 03375
전　　화 (02)389-0146~7
팩　　스 (02)389-0147
홈페이지 http://cafe.daum.net/sinmunye
이 메 일 sinmunye@hanmail.net

값 10,000원

ISBN 979-11-86691-65-6 03810

이 도서의 국립중앙도서관 **출판예정도서목록(CIP)**은
서지정보유통지원시스템 홈페이지(http://seoji.nl.go.kr)와
국가자료공동목록시스템(http://www.nl.go.kr/kolisnet)에서 이용하실 수 있습니다.
(CIP제어번호 : CIP2019022205)